Bis das Licht zu dir zurückkehrt

ANTJE SABINE NAEGELI

Bis das Licht zu dir zurückkehrt

Mit Aquarellen von Renate Otto

SKV-EDITON

Einen Ort finden oder wiederfinden, wo du hingehen kannst, wenn du traurig bist, wie wichtig ist das. Dich dort aufhalten können, wo du von dem umgeben bist, was dir wohl tut, ist in der Zeit der Krise unverzichtbar.

Lass Menschen wissen,
was dich traurig macht.
Wenigstens einem anvertraue dein Dunkel.
Einem, der die Finsternis kennt
und dennoch weiß,
dass keine Nacht der anderen gleicht.

Einen Menschen wünsche ich dir,
der nicht sagt: »Kopf hoch,
es wird schon wieder« und was es
dergleichen Sprüche so gibt.
Einen, der ratlos sein kann
und dennoch wagt zu vertrauen,
dessen verlässliche Nähe dir Halt gibt.

Du hörst mir zu, wenn ich schweige.
Deine Augen sind offene Tore.
Meine ungesagten Worte
nimmst du unter dein Dach.

Es gibt eine Art von Traurigkeit, die uns auf heilsame Weise zu stören vermag.
Sie entsteht, wenn wir uns selbst verloren gegangen sind und nach außen etwas leben, was wir innen nicht sind. Die Seele lässt sich nicht täuschen und zeigt uns durch das Traurigwerden, dass Wandlung geschehen muss.

Die abgeknickten Blütenstiele
kannst du nicht wieder aufrichten.
Aber du darfst die Hoffnung wagen,
dass neue Knospen heranwachsen
und sich öffnen.

Manchmal
kehrt die Taube
zur Arche zurück,
bringt dir
ihr grünes Versprechen.

Manchmal,
mitten im Dunkel,
besucht dich ein Stern.

Manchmal,
mitten in der Verlassenheit,
findet ein Trostwort
den Weg in dein Herz.

Bei dir sein
und dich nicht schützen können.
Bei dir sein
und keine Worte finden.
Bei dir sein
und nichts haben,
was dich tröstet,
aber bei dir sein.

Tage in Moll.
Draußen im Regen
der Forsythienstrauch
leuchtet und leuchtet.
Wer das könnte …

Zu schwer,
allein auf den Morgen
zu warten,
wenn die Nacht sich
ins Unendliche dehnt.
Wie gut,
meine Freundin,
deine Hand zu spüren,
wenn das Dunkel
über alle Ufer tritt.

Auftauchen
aus der großen Flut,
zitternd noch,
um Atem ringend,
aber auftauchen.

Hineingerissen
ins wilde Wasser,
davongetragen
von tosender Flut,
kein Himmel mehr
über dir. –
Dennoch das Wagnis
Hoffnung,
dass dich die letzte Welle
ans Ufer trägt.

Träume,
dunkle Nachtgespenster,
erst dein Arm
löst mich langsam
aus ihrer Fessel
und dein Atem
hebt mich
ans Licht.

Beharrlich warst du, Traurigkeit.
Bist nicht von meiner Tür gewichen,
obwohl ich alle Riegel vorgeschoben
hatte. Hast mir die unbequeme
Wahrheit hingehalten, die ich nicht
sehen wollte. Heute erkenne ich,
dass du nicht genommen, sondern
gegeben hast. Ohne dich hätte ich
ausgehalten am Ort der Gefährdung.
Ohne dich wären neue Quellen nicht
zum Leben erwacht.

Viele Menschen verschließen ihren Kummer in sich. Es nützt ja doch nichts, höre ich sagen, ich muss ja doch alleine hindurch. Es ist richtig, dass uns niemand die Last abnehmen kann, die uns zugemutet ist. Aber wir tragen sie anders, wenn wir Anteilnahme erfahren.

Warten,
bis du dich hervorwagst
hinter der Schweigemauer.
Warten,
bis du den Schleier
beiseite ziehst.
Warten,
bis du mir dein Weinen
anvertraust.

Keinen Menschen haben, in dessen Verstehen du aufgehoben bist mit deinem Kummer, das kann traurige Wirklichkeit sein. Verlassenheit aushalten müssen ist schwer. Und doch wage ich den Gedanken, dass du vielleicht auf indirekte Weise einen Menschen findest, mit dem innere Zwiesprache gelingt, einen stillen Gefährten.

Das kann ein Buch sein, das dich anrührt, ein Gedicht, das dich durch schwere Stunden begleitet, ein Musikstück, ein Lied, dem du abspürst, dass es aus dem Herzen eines um Trost ringenden Menschen kommt und dich auf unsichtbare Weise mit ihm verbindet.

Ich mag das Wort Vielleicht –
nicht als den Lieblingsausdruck
der ewig Unentschlossenen,
sondern als das mutige Wort
derer, die die Tür nicht gänzlich
ins Schloss werfen. Den Schritt
vom Nie-mehr zum Vielleicht
tun heißt Hoffnung zulassen.

Das Leben geht weiter,
sagt einer zu dir,
der dich trösten will.
Aber für dich geht es nicht weiter,
so nicht.
Nichts ist mehr, wie es war.
Alles ist anders geworden.
Alles ist fremd.
Vielleicht wäre einzig dies Trost,
dass einer versteht, dass es für dich
nicht weitergeht, so nicht.

Wolken ziehen auf
am Horizont,
Zeit,
das Tröstende
um mich zu sammeln.

Habe doch auch mein Dunkel
bewältigen müssen,
sagt einer zu dir,
und es geschafft.
Wieso kannst du es nicht?
Ich bin nicht du, Freund,
und dein Dunkel
ist nicht mein Dunkel.
Lass mir das Stehenbleiben.
Lass mir den kleinen Schritt.
Lass mir vor allem
die Hoffnung.

Noch kreisen Schwalben.
Noch öffnen sich Rosen.
Noch sind die Wege
nicht zugeschneit.
Noch ist es Zeit,
deine Sehnsucht
wiederzufinden.

Nicht alles steht in deiner Verantwortung.
Nicht alles hängt von dir ab.
Nicht immer fordert das Leben,
was du dir abverlangst.
Nicht immer muss alles
ans Ziel kommen,
was du begonnen hast.

Nicht immer
ist der schwierige Weg
der einzig richtige.
Nicht immer
musst du deine Last
geduldig tragen.
Wage den aufrechten Gang.

Manchmal legt das Dunkel sich auch auf deine Erinnerungen, löscht ihr Lächeln, ihre Farben aus. Alles versinkt. Wenn das Licht heimkehrt, wird es auch in deine Erinnerungen zurückkehren und dich wiedererkennen lassen, was an Gutem da war.

Rechne damit,
dass die Hoffnung
auf einer anderen Straße
daherkommt,
als du gemeint hast.
Rechne damit,
dass sie anders aussieht,
als du erwartet hast.
Rechne damit,
dass sie auch dann
noch bei dir einkehren kann,
wenn du nicht mehr
mit ihr rechnest.

Während meine Gedanken
ihre gewohnten Runden drehen
im düsteren Innenhof,
findet eine Efeuranke
den Weg über die Mauer.
Meine Augen gehen ihr nach.

Den Weg
in die Dämmerung gehen,
hinter dir lassen
den Lärm des Tages,
deine Fragen
dem Schoß der Nacht
anvertrauen,
den Träumen
die Tür öffnen,
sie wissen dir Rat.

Großes Du,
birg an deinem Herzen
die Nichtumarmten,
lass deine Augen ruhen
auf den Übersehenen,
sende einen Engel
den Verstummten,
heile die Wunden
der Verlassenen,
gib den nur Benutzten
ihre Würde zurück.
Lass uns Menschen werden.

Die Ruder einholen.
Dem Ufer
der Nacht
mein Boot
anvertrauen.
Den Tag
ausatmen,
der den Gruß
des Engels
verschweigt.

Antje Sabine Naegeli hat ihre Wurzeln in Schleswig-Holstein, lebt und arbeitet bei St. Gallen/Schweiz. Nach dem Studium der evangelischen Theologie und einer Zusatzausbildung als Psychotherapeutin (Logotherapie) ist sie Existenzanalytikerin in eigener Praxis und Autorin zahlreicher Bücher.

Blumen und Wiesen im Wind, nordische Landschaften, Tiere und Häuser sind die bevorzugten Motive der 1947 in Lüdenscheid geborenen **Renate Otto.** Sie lebt in Friesenheim/Baden und in Westerland/Sylt, arbeitet seit 1980 als freischaffende Künstlerin und ist Mitglied der GEDOK/Freiburg.
Einen Teil des Jahres verbringt Renate Otto in Dänemark, wo – von Licht, Meer und Weite inspiriert – ein großer Teil ihrer Bilder entsteht.
Zahlreiche Ausstellungen und die Zusammenarbeit mit internationalen Buch- und Kunstverlagen kennzeichnen ihren Erfolg im In- und Ausland.

Die Deutsche-Bibliothek – CIP-Einheitsaufnahme

Ein Titeldatensatz für diese Publikation ist bei Der Deutschen Bibliothek erhältlich.

Bestell-Nr. 94558

Umschlag- und Innenbilder: Renate Otto
Foto S. 48: Björn Othlinghaus
Gesamtherstellung: St.-Johannis-Druckerei, Lahr/Schwarzwald
Printed in Germany 108298/2002